tout CE QU'IL VOUDRA

2

ANYTHING HE WANTS : ALL'S FAIR
by Sara Fawkes

Imprimé en Allemagne par GGP Media GmbH, Poessneck, en décembre 2012
ISBN : 978-2-501-08461-1
4127056/ 02
dépôt légal : novembre 2012

1

La limousine était plus spacieuse que dans mon souvenir. Bon, la dernière fois que j'étais montée dans l'une d'entre elles, c'était en terminale, lors du bal de fin d'année, et mes amies et leurs cavaliers y étaient serrés comme des sardines en boîte…Je jetai un coup d'œil à la dérobée à l'homme installé à côté de moi, sur la banquette arrière. Pour l'instant, il ne me prêtait aucune attention et se concentrait sur la tablette posée sur ses genoux, me laissant toute disponibilité pour m'occuper de mon côté. Je serrai fort contre moi mon sac en cuir, déboussolée par les événements de la journée. Étais-je vraiment en route pour Paris ?

Ces deux derniers jours avaient été un tourbillon de folie. À deux reprises, pendant mes heures de travail, j'avais été séduite par le splendide inconnu que je croisais tous les matins. D'abord dans l'ascenseur, puis dans le parking souterrain. Mon comportement d'alors avait été si inhabituel… que j'en étais venue à me demander si je n'avais pas perdu la raison. Mais le véritable choc de ma vie, je l'avais reçu une heure auparavant seulement, quand j'avais découvert que ce même beau brun que je ne connaissais pas était milliardaire.

Pire, c'était mon patron.

Jeremiah Hamilton, PDG de Hamilton Industries, une multinationale susceptible de rivaliser avec tout ce qu'avait jamais produit l'empire de Donald Trump, partageait avec ma petite personne la pénombre de sa limousine. Je ne l'avais pas reconnu, je n'avais même pas réalisé qui il était, ni dans l'ascenseur ni plus tard dans le garage. Ce qui était un peu gênant. Même s'il ne présentait pas d'émission télévisée et ne faisait pas la couverture des magazines que je lisais, j'aurais dû savoir à quoi ressemblait le président de la société pour laquelle je travaillais. Et voici qu'à présent j'étais en route vers l'aéroport afin de m'envoler avec lui pour Paris. En tant qu'assistante personnelle. Dotée d'un contrat à venir dont les clauses tournaient autour d'une exigence : le satisfaire dans tout ce qu'il voudrait.

Dans la catégorie des pires-journées-de-mon-existence celle-ci figurait au palmarès. Et elle avait toutes les chances de remporter le prix des plus-époustouflantes-journées-de-mon-existence.

Aux heures de pointe, la circulation dans Manhattan étant l'habituel enchevêtrement de piétons et de véhicules, je me plongeai dans mes pensées plutôt que de m'intéresser à ce qui se passait dehors. Hélas, trop tôt à mon goût, les bouchons se résorbèrent et la voiture ne tarda pas à longer une barrière derrière laquelle s'alignaient des avions. Je regardai par la fenêtre et découvris, étonnée, une pancarte qui annonçait l'aéroport de Teterboro. Situé dans le New Jersey, il était moins vaste que son équivalent new-yorkais. Même si je n'y avais jamais mis les pieds, je savais qu'il accueillait beaucoup de jets privés. Ne connaissant que JFK, les lieux étaient une nouveauté pour moi. Je vis un bon nombre d'appareils d'une taille plus modeste que celle des gros porteurs ordinaires, comme ceux qu'utilisaient les tour-opérateurs de luxe et les très riches.

Il fallait croire qu'aujourd'hui j'entrais dans cette catégorie, une perspective qui déclencha un frisson le long de ma colonne vertébrale. Je me frottai les bras. Bon sang ! Dans quoi m'étais-je fourrée ?

– Vous êtes certain que je n'aurai pas besoin de vêtements ? demandai-je pour la troisième fois pendant que la limousine se garait devant le terminal.

Je n'avais pas été autorisée à emporter quoi que ce soit d'autre que les effets personnels que j'avais déjà au bureau, autrement dit mon sac à main et ce qu'il contenait. Je portais une jupe et un haut propre, mais pas suffisants pour un voyage transatlantique.

– On vous en fournira, expliqua Jeremiah. Votre contrat couvrira ces détails.

J'avais droit à ce genre de réponse à chacune de mes questions concernant ce départ surprise. À ce rythme, le fameux contrat allait être plus long qu'un roman de Tolstoï, et cette pensée ne fit rien pour calmer mes nerfs. Je n'avais encore rien signé. Je pouvais toujours m'en aller et trouver un autre emploi.

Brusquement, je m'imaginai retournant des hamburgers sur un gril pour gagner ma vie. J'en frémis, et une bouffée de tristesse me submergea. Étais-je condamnée à ça ? N'avais-je donc aucune autre perspective ? En relevant la tête, je vis que Jeremiah m'observait. Comme s'il pouvait déchiffrer mes pensées, même si ses traits de marbre n'affichaient aucune émotion. Agacée, peu désireuse qu'il se rende compte de mon indécision, je serrai les mâchoires et soutins son regard, refusant de détourner les yeux la première.

À cet instant, la portière s'ouvrit, interrompant notre affrontement. Attrapant mon sac, je descendis de la voiture avec hauteur, ce qui ne m'empêcha pas de remarquer son air amusé. Ainsi, il appréciait le conflit, songeai-je pendant qu'on nous entraînait à l'intérieur du bâtiment. Tant mieux ! Je n'avais pas l'intention de ramper à ses pieds ni de le supplier pour qu'il me respecte.

Soudain, je me vis à genoux devant lui, fixant son visage magnifique, et un tressaillement secoua mon ventre. Mince !

La vitesse avec laquelle nous franchîmes les contrôles de sécurité fut une deuxième nouveauté. Le seul moment un peu pénible fut quand l'officier qui fouillait mon sac y trouva ma culotte de la veille. J'avais oublié de la retirer. Je rougis, tout mon corps s'enflamma, mais le type resta très professionnel. Ces formalités accomplies, nous gagnâmes une petite salle d'embarquement, d'où on nous emmena en voiture jusqu'à notre avion, à l'autre bout du tarmac.

Long et racé, l'appareil était bien plus petit que ceux que j'avais pris et n'avait pas grand-chose en commun avec les vols réguliers. Je n'aurais jamais dû voyager à bord d'un tel jet. Les filles normales comme moi n'y montaient que si elles étaient hôtesses de l'air ou pilotes. La cabine était aussi somptueuse qu'on pouvait s'y attendre. Les fauteuils étaient deux fois plus grands que les sièges que j'avais pu occuper auparavant. Le pilote nous accueillit, nous laissa nous installer, puis ferma la porte et regagna le cockpit. Impressionnée par le luxe qui m'entourait, je me mis à jouer avec les gadgets qui équipaient ma place. Il y avait même, sous l'un des bras du fauteuil, un téléphone privé, ce qui me fit sourire.

Tout à coup, une tablette glissa sur le plateau que j'avais abaissé – la même que celle sur laquelle Jeremiah travaillait dans la limousine. Surprise, je tournai la tête vers lui, assis dans le siège d'en face, de l'autre côté de l'allée.

– Qu'est-ce que c'est ? parvins-je à demander, mon sourire s'effaçant.

– J'ai rédigé votre contrat sur la route de l'aéroport, me dit-il.

Ayant remarqué mes hésitations, il se pencha vers moi, plongea ses yeux dans les miens et ajouta :

– Vous saviez ce qui vous attendait.

– Sans blague ?

Ma riposte ironique était loin de refléter ma nervosité. Allais-je signer un contrat qui me priverait de ma propre vie ?

– Si vous souhaitez partir, la voiture vous ramènera chez vous, susurra Jeremiah en tirant un stylet en argent de sa veste et en me le tendant. Le choix vous appartient.

Je lui arrachai le stylet et le serrai fort entre mes doigts pour cacher mes tremblements. M'adossant à mon siège, je m'emparai de la tablette et commençai à lire les termes de notre accord. La clause de confidentialité me fit l'effet d'une douche froide. Rien d'étonnant à ce qu'il ne souhaite pas que je me répande en confidences devant le monde entier, pensai-je avec une grimace cynique. Je poursuivis ma lecture. Apparemment, j'aurais droit à tout ce que je voulais, mais les largesses accordées par la société me seraient confisquées si je décidais de rompre notre contrat. Etc., etc., etc.

Mes années de fac m'avaient appris à déchiffrer les documents juridiques, notamment les petites lignes en bas, celles qu'on ne lit jamais. Celui rédigé par Jeremiah ne dissimulait aucun piège. Mais, vers la fin, je butai sur une précision dont nous n'avions pas discuté.

– Cinquante mille dollars ? couinai-je d'étonnement en relevant la tête.

Il acquiesça.

– Si vous êtes encore à mon service dans six mois, vous aurez droit à une prime, confirma-t-il en récitant presque mot pour mot les termes de l'accord. Ce bonus, ainsi que tous vos salaires hebdomadaires, vous resteront acquis, même si vous décidez de rompre votre contrat.

Ainsi, il m'était possible de démissionner sans tout perdre. Que cela soit notifié par écrit m'aida à accepter l'absurdité de la situation. Même si mes devoirs n'étaient que vaguement évoqués, le document teintait de professionnalisme le choix qui m'était offert. Du coup, je me sentis mieux. Enfin, moins courtisane. Et puis, on ne sait jamais, peut-être s'agissait-il d'un contrat type que les riches et les puissants avaient l'habitude de passer ? Personnellement, je n'étais pas très au courant de leurs usages.

Il n'empêche, j'hésitais. Il m'était encore possible de me lever et de quitter cet avion, méditais-je en contemplant le stylet entre mes doigts. J'étais libre de mettre un terme à cette mascarade stupide, de rentrer chez moi…

Mais ensuite ?

Le loyer n'allait pas tarder à tomber, et ma colocataire, une vieille copine de fac qui m'avait accueillie quand j'étais aux abois, n'avait pas les moyens de l'assumer seule. Les allocations chômage mettaient trop de temps à être versées. La perspective de devoir chercher un nouveau boulot m'effrayait, d'autant qu'il y avait de fortes chances que je ne trouve rien. L'idée de vivre dans un foyer me glaçait, et je n'étais pas loin de me laisser enfermer dans l'impasse où j'étais.

Jeremiah continuait de m'observer sans manifester la moindre compassion. Il avait été très clair sur ce que ce contrat supposait de ma part. Mon « entretien d'embauche » avait impliqué que je me couche à plat ventre sur son bureau, et les libertés qu'il avait prises avec mon corps m'avaient laissée gémissante et pantelante. Ce seul souvenir me donnait envie de me cacher sous le tapis. Jamais je ne m'étais conduite ainsi ; pourtant, un inconnu m'avait séduite, non pas une mais trois fois en seulement vingt-quatre heures !Je n'avais pas le choix.

Je relus le contrat, consciente de l'énormité de ce dans quoi je m'engageais, puis, les doigts tremblants, je signai en bas et rendis la tablette à Jeremiah. Ce dernier appuya sur un bouton. Aussitôt, les moteurs grondèrent et je vérifiai que j'avais bien attaché ma ceinture de sécurité. J'agrippai les bras de mon siège, essayant d'oublier les craintes que déclenchaient le vol et l'homme en face de moi.

– Vous avez peur de l'avion ? me demanda-t-il.

Les yeux fermés, je fis semblant de dormir, pendant que les moteurs s'emballaient et nous propulsaient sur la piste d'envol. Le décollage se déroula sans encombres, avec moins de bruit que j'en avais attendu de la part d'un appareil aussi petit. Une fois en l'air seulement, je me remis à respirer normalement.

Jeremiah détacha sa ceinture, se leva et se dirigea vers un salon, derrière moi. Je ne bronchai pas, bien décidée à ignorer sa présence, jusqu'à ce qu'un verre rempli d'un liquide transparent soit glissé sous mon nez.

– Je ne bois pas, déclinai-je.

– Même pas de l'eau ?

Si je ne trouvai pas ça drôle, contrairement à lui, j'acceptai le verre et marmonnai un merci.

– Il y a de quoi manger au bar, si vous avez envie de quelque chose d'un peu plus substantiel, précisa-t-il.

– Je n'ai pas faim, merci.

Ce fut bien sûr le moment que choisit mon estomac pour gargouiller sans retenue, révélant mon mensonge.

– D'accord, à votre guise. Plus tard, peut-être.

Les lèvres de Jeremiah se pincèrent et j'eus le désagréable sentiment qu'il s'efforçait de retenir un sourire.

– Vous n'aviez vraiment pas du tout idée de qui j'étais ? poursuivit-il.

N'étant pas d'humeur à converser, je soupirai et haussai les épaules d'un air revêche.

– Vous n'êtes pas aussi populaire que vous semblez le croire.

Il prit ma repartie moqueuse avec humour et bonne humeur.

– À quel point le suis-je, d'après vous ?

Me tortillant sur mon fauteuil, je le regardai et constatai que des petites rides amusées étiraient le coin de ses yeux. J'en conclus que c'était là la seule partie de son visage qu'il ne parvenait pas à contrôler entièrement. Ses prunelles étaient du plus beau vert que j'aie jamais vu chez un homme ; elles illuminaient sa peau mate et ses cheveux bruns. Soudain, prenant conscience que je le fixais, je m'éclaircis la gorge tout en cherchant une réponse à la question qu'il m'avait posée.

Malheureusement, rien d'astucieux ni de percutant ne me vint à l'esprit, et je m'en sortis avec un nouveau haussement d'épaules et une gorgée d'eau. Il eut un petit rire que je fis mine de ne pas entendre.

– Reposez-vous, conclut-il. Le vol va être long.

Il regagna l'arrière de l'appareil ; j'inclinais le dossier de mon siège et me pelotonnais dedans. Hélas, mon estomac averti de la proximité de la nourriture refusa de me laisser tranquille… Je réussis à tenir pendant une heure environ en m'amusant avec les gadgets, avant, au bout du compte, de me lever et de me rendre au bar.

Quand je passai devant mon patron, il était assis, un verre plein d'un liquide ambré à la main. Je sentis son regard me suivre pendant que je me servais un jus d'orange et jetais un coup d'œil sur ce qui s'offrait à moi. Je pris un sandwich au poulet dont la composition était digne d'un dîner fin et le mangeai sur place.

Jeremiah me rendait nerveuse. En sa présence, je perdais confiance en moi. Dès qu'il était là, je me mettais à imaginer des scènes érotiques que je n'avais lues que dans des romans ou envisagées dans mes fantasmes. Rien d'embarrassant tant qu'il restait un inconnu croisé une fois par jour dans l'ascenseur. À présent, il fallait que je me le sorte de la tête, ce qui était plus facile à dire qu'à faire. Il était devenu un pivot essentiel de ma libido, et mon corps refusait de l'oublier. Même le désarroi où me plongeait la situation ne m'empêchait pas de réagir à la proximité de cet homme – des réactions physiques qui étaient d'ailleurs la cause du pétrin dans lequel je m'étais fourrée.

Attrapant une bouteille d'eau, je tournai les talons pour quitter la cuisine et m'arrêtai net en le découvrant, debout, dans l'embrasure de la porte. Il avança d'un pas, je reculai d'autant, vite coincée par le plan de travail dans mon dos.

– Je… euh… il vaudrait mieux que je retourne à ma place, balbutiai-je.

Ses doigts jouaient avec l'un des boutons de sa chemise. Il ne tint aucun compte de ce que je venais de dire.

– Pourriez-vous m'aider ? me demanda-t-il. Il semble s'être coincé.

Je poussai un soupir incrédule. Non, mais des fois ! Son approche était carrément nulle, absurde même, vu la situation. Mais une phrase qu'il avait prononcée dans l'après-midi me revint en mémoire : « Tout ce que je voudrai. »

J'étais donc aussi censée être son habilleuse ? pensai-je avec mauvaise humeur. Cela ne correspondait pas du tout à ce pour quoi j'avais cru signer un peu plus tôt. Plutôt agacée, je tendis le bras et saisis le bouton. Les doigts de Jeremiah effleurèrent les miens, une caresse que j'essayai de ne pas remarquer, tout comme le nœud qui se formait au creux de mon ventre.

Bizarrement, il s'avéra que le bouton était vraiment coincé, même si je n'eus besoin que de quelques secondes pour le libérer. Sitôt fait, j'éloignai mes mains de la chemise entrouverte, mais il les emprisonna dans les siennes avant que j'aie pu m'écarter.

– Et si vous vérifiez les autres ? suggéra-t-il.

Je croisai un instant son regard avant de baisser tout de suite les yeux. Je tâchai de réveiller ma colère. C'était ridicule. J'étais allée en fac de droit, j'avais suivi une formation d'avocate supposée défendre les faibles ! Je ne m'étais pas ruinée en emprunts pour devenir habilleuse de luxe au service d'un milliardaire…

Je luttai pour ne pas prêter attention aux prunelles de Jeremiah vrillées sur moi – là encore, cela ne fut pas facile. Ne pas rougir sous les feux de ce laser vert fut presque au-dessus de mes forces. Je commençai à déboutonner sa chemise. Son tissu était fin et solide, pas de la soie mais quelque chose d'aussi luxueux. Je n'étais pas parvenue au troisième bouton que mes doigts se mirent à frémir. Non de peur, mais de la proximité de cet homme séduisant. Il ne me fallut pas longtemps pour réaliser qu'il portait sa chemise à même la peau. Plus j'avançais dans ma tâche, plus je dévoilais son torse, sa peau mate tranchant sur la chemise blanche qui s'ouvrait d'elle-même. Jeremiah avança d'un pas, me dominant de toute sa taille, et mon corps fut saisi de tremblements. Jusqu'alors, la vie ne m'avait pas permis de connaître beaucoup d'hommes, exceptés ceux de ma famille et quelques camarades de fac. Au lycée comme à l'université, je m'étais surtout consacrée à mes études. Les livres et les manuels m'avaient toujours plus passionnée que les relations avec les représentants du sexe opposé, y compris quand ces derniers m'avaient manifesté de l'intérêt. Par la suite, après la mort de mes parents, mon existence s'était déroulée dans un tourbillon un peu flou. Je n'avais du temps pour rien, sinon pour des petits boulots à droite et à gauche et pour les inquiétudes que mon avenir m'inspirait. Si, à cette époque, un homme avait été attiré par moi, ça m'était passé au-dessus de la tête. Mais celui qui se tenait devant moi, à ce moment, il m'était impossible de ne pas le remarquer.

J'essayai de me retenir de toucher la peau lisse que mes doigts dévoilaient… et je perdis la bataille. Quand il fit un petit pas de côté, je suivis inconsciemment le mouvement, valsant avec lui quand il retira sa chemise et la jeta sur un fauteuil voisin. Le souffle court, j'examinai ce corps soudain révélé, et les légers soubresauts dans mon ventre se transformèrent en un feu d'artifices quand ses doigts glissèrent sur mes bras. Je ne me rendis même pas compte que nous bougions tant j'étais captivée par sa proximité et son contact… jusqu'à ce que mon dos heurte quelque chose de dur. Un mur. Mes mains se serrèrent sur ses muscles fermes et je levai les yeux pour découvrir qu'il me fixait avec une intensité qui me coupa les jambes. Quand il appuya son corps contre le mien et baissa la tête en quête de mes lèvres, il ne me vint même pas à l'esprit de résister.

Ce qui commença par un effleurement doux et léger se transforma vite en un baiser plus profond. Incapable de freiner son assaut, je ne pus retenir un gémissement qui se perdit dans sa bouche, tandis que mes ongles griffaient son corps tendu. Je lui rendis son baiser avec une passion dont j'ignorais être capable. Mes caresses décuplèrent son désir et il se colla encore plus fort à moi. Sa langue titilla mes lèvres, joua avec ma bouche ouverte. Ses grandes mains exploraient ma taille, mes hanches et mes fesses, ses doigts s'enfonçaient dans ma chair, m'attirant plus contre lui. J'agrippai sa nuque, ébouriffai ses épais cheveux bruns, aussi avide de ses caresses qu'il paraissait l'être des miennes. Il inséra une cuisse ferme entre mes jambes, j'étouffai un soupir en la sentant presser des parties de moi gonflées de désir. Soudain, ses mains saisirent mes hanches et me hissèrent brusquement le long de la paroi. Seuls son corps et son emprise me maintenaient. Je plaquai mon bassin contre son bas-ventre, ses lèvres abandonnaient ma bouche et ses dents mordillaient la peau douce de ma gorge. Il pressa son bassin contre le mien et un petit cri m'échappa. Ses dents poursuivirent leur chemin, agaçant mon épaule à travers le tissu de mon haut et, de nouveau, il roula des hanches.

Mes mains tâtonnèrent, cherchant son visage, et je l'obligeai à relever la tête pour l'embrasser à mon tour. Mes gémissements de plaisir se perdirent dans sa bouche tandis qu'il continuait de se frotter à moi. Ma jupe était remontée sur ma taille, ses doigts se faufilèrent au sommet de mon entrejambe pour presser, à travers la fine barrière de ma culotte, mon sexe que l'excitation rendait douloureux. Je gémis de nouveau, mordis ses lèvres et cambrai les reins, avide d'encore plus de plaisir.

– Et si vous déboutonniez aussi mon pantalon? souffla-t-il.

Étourdie de désir, je mis une seconde à saisir le sens de ce qu'il me disait. J'arrêtai mes baisers, prenant conscience de ce que j'avais failli laisser arriver – une fois encore ! – et plongeai mes yeux dans les siens. Le désir brûlant qui les éclairait me fit fondre de l'intérieur, mais quand je le repoussai sans beaucoup de conviction, il recula d'un pas et me reposa avec douceur sur le sol. Ma jupe était toute froissée, je m'empressai de me réajuster et de m'écarter.

– Allez vous reposer, Paris est encore loin.

Je le regardai. Il était planté là, devant moi, séduisant à en hurler, aussi à l'aise torse nu qu'il l'était dans ses costumes hors de prix. Qu'est-ce qui me prenait d'interrompre ainsi les choses ?

Les principes. La morale. C'est ça !

Lui adressant un hochement de tête, je me forçai à regagner mon siège. Je pris un oreiller dans un casier voisin, m'assis et inclinai le dossier de mon fauteuil. Je pensais que j'aurais du mal à m'endormir, mais je finis par sombrer dans un sommeil agité. Dehors, le soleil disparut derrière l'horizon, sa lueur orange avalée par la Terre, des kilomètres plus bas.

Quelque part au milieu de la nuit, je m'éveillai ; il faisait noir derrière les hublots et quelqu'un avait placé une couverture sur moi et m'avait bordée avec soin. Je fronçai les sourcils avant de me retourner. Jeremiah dormait profondément, à sa place. Il avait reboutonné sa chemise, sa veste était soigneusement pliée sur le siège, à côté du sien. Son corps emplissait presque le fauteuil, si bien qu'il n'était pas bordé comme moi, mais cela ne semblait pas le gêner. Le sommeil avait adouci ses traits. Il avait l'air différent, plus jeune, plus détendu.

J'aimerais pouvoir le détester, me dis-je. Une pensée dénuée de colère, cependant. Cet homme m'avait fait chanter, m'amenant à signer un contrat qui lui autorisait toutes les libertés sur ma personne ; pourtant, il avait parfois laissé transparaître une forme de tendresse. Il ne m'avait rien infligé de force. Tout en triturant ma couverture, je me demandai lequel des aspects de sa personnalité était authentique : le PDG intraitable, qui m'avait fait passer mon entretien d'embauche couchée sur son bureau ? ou l'homme qui avait pensé à me couvrir pendant que je dormais ?

Je décidai de remettre la réponse à un autre jour, car mes yeux se fermaient de fatigue. Bâillant sans bruit, je remontai la couverture sous mon menton, me blottis confortablement sur mon siège et me laissai glisser dans le sommeil.

2

– Rien à déclarer ?

Dans la mesure où je n'avais eu le droit de rien emporter…

– Non.

Le douanier vérifia mon passeport, me le rendit et fit signe au suivant d'approcher tandis que je passais. D'énormes lettres affichées partout annonçaient dans plusieurs langues où j'étais. Je m'arrêtai net, stupéfaite : je me trouvais réellement en France !

Je parvins à la hauteur de Jeremiah qui, une main sur mes reins, me dirigea à travers la petite foule assemblée dans le terminal principal. J'aperçus une file de gens guettant les passagers fraîchement débarqués. Jeremiah m'entraîna sur le côté, vers un homme grand, chauve et à la barbichette blonde, qui patientait près du mur du fond. Quand il nous vit, il vint à notre rencontre.

– Lucy, je vous présente Ethan, mon responsable sécurité. C'est lui qui va vous conduire à l'hôtel.

Si Ethan et moi échangeâmes une poignée de mains, je devinai sans peine que j'étais le cadet de ses soucis.

– Celeste est encore à Paris, annonça-t-il avec un très léger accent traînant du Sud. Elle ne part que dans trois heures.

– Très bien, répondit Jeremiah. Veillez à l'installation de Mlle Delacourt.

– Et vous ? lançai-je à mon patron qui s'éloignait déjà.

– Je dois gérer les vautours, lâcha-t-il, avant d'ajouter à l'intention d'Ethan : Essayez de rester discrets.

Il partit vers les portes coulissantes en verre et je le suivis des yeux. C'était donc tout ? pensai-je un peu ahurie. Il me remettait au chauffeur, lequel était chargé de m'extraire en douce de l'aéroport ? J'aurais sans doute dû me réjouir qu'il débarrasse le plancher ; mais, seule avec un inconnu dans un pays étranger, je me rendis compte que le stoïque Jeremiah allait me manquer.

– Bien, allons-y.

Sans un mot, j'emboîtai le pas – d'ailleurs irrégulier à cause d'un boitillement – à Ethan tout en jetant des coups d'œil par-dessus mon épaule. Au moment où Jeremiah sortait par les portes vitrées, plusieurs personnes se précipitèrent sur lui dans un drôle de chahut. Je distinguai des flashs d'appareils photo et entendis une clameur. Mon nouveau mentor et moi nous éclipsâmes sans que personne ne nous remarque.

– Qu'est-ce que c'est que ce vacarme ? demandai-je tout en pressant le pas pour ne pas être semée par les grandes enjambées d'Ethan.

– Des paparazzi, m'expliqua-t-il.

Il me tint une porte à distance de l'agitation.

– La présence de Jeremiah au gala, ce week-end, est assez prestigieuse pour faire la une des journaux.

Un gala ? Je montai à l'arrière d'un SUV garé le long du trottoir. Un autre type, qui avait attendu au volant, descendit pour laisser sa place au chef de la sécurité, et nous démarrâmes. Je me retournai pour regarder la meute de photographes.

– Il va s'en sortir ? demandai-je.

– Ce n'est rien, grommela Ethan. Et puis, il l'a surtout fait pour les divertir afin que vous et moi puissions partir sans ennuis. Il ne tardera pas à nous rejoindre.

En effet, je vis Jeremiah se frayer un chemin à travers la foule et monter dans une limousine qui partit aussitôt. Je poussai un petit soupir de soulagement. Je me dis que, à sa place, je ne serais pas capable d'affronter ces choses. Avec le recul, je le remerciai de m'avoir épargné ça. Rien que l'idée de tous ces appareils brandis sous mon nez et me traquant partout provoqua des frissons d'horreur.

Malgré les milliers de questions qui se bousculaient dans ma tête, je ne pipai mot, car mon chauffeur n'avait pas l'air du genre bavard. À la place, j'en profitai pour découvrir Paris. Un jour, j'avais arraché à mes parents la promesse de me payer un voyage dans la capitale française, une fois mon master en poche. Ce souhait ne s'était jamais réalisé. Leur décès pendant ma licence avait fait dérailler ma vie, m'obligeant à emprunter une voie totalement différente de celle que je m'étais tracée. Mais cela n'avait pas diminué mon amour pour cette ville. Quelques apparitions de la tour Eiffel entre les immeubles me firent sourire, atténuant un peu la tension épuisante de ces derniers jours.

Quand nous finîmes par nous arrêter et qu'un voiturier m'ouvrit la portière, c'est avec stupeur que j'examinai l'hôtel.

– Vous êtes sûr de ne pas vous être trompé d'adresse ?

Je ne reçus aucune réponse. Très franchement, ma question était de pure forme. Incrédule, j'étais en train de contempler la façade du Ritz. C'est là que j'allais loger ! Encore une de ces étapes parisiennes que j'avais vue seulement sur le Net ou dans les magazines. Les photos publiées ne lui avaient pas rendu justice : même s'il était plus petit que ce j'avais imaginé, il était aussi luxueux et imposant que dans mes rêves. J'avais hâte d'entrer !Une rousse en tailleur clair impeccable vint à nous dans un bruit de talons. Si elle parut ravie de voir Ethan, elle marqua une pause devant moi. Le chauffeur costaud la gratifia d'un baisemain, un geste galant qui me sembla déplacé face au comportement bourru du bonhomme.

– Celeste, voici Lucy Delacourt, la nouvelle assistante personnelle de M. Hamilton.

L'expression interloquée de la femme s'évapora aussitôt, même si elle continua à avoir l'air un peu dérouté.

– Ravie de vous rencontrer, me dit-elle en me tendant la main avec un sourire chaleureux. Je suis Celeste Taylor, directrice générale de Hamilton Industries.

Sa poignée de mains était ferme, très femme d'affaires, et son sourire contrastait avec la froideur à laquelle j'avais eu droit jusqu'à présent, tant de la part de Jeremiah que de celle d'Ethan.

– Cela faisait un moment que Remi ne nous avait pas amené de nouvelle assistante personnelle.

Remi ?

– Euh, oui, je suis nouvelle…

Difficile de savoir ce que je pouvais ou non raconter. Aussi, je décidai de rester professionnelle.

– J'ai été embauchée hier après-midi.

Celeste releva les sourcils si haut qu'ils faillirent rejoindre la ligne de ses cheveux.

– Eh bien, commenta-t-elle, il n'a pas perdu de temps, cette fois. Tout cela doit vous sembler très étrange, ajouta-t-elle avec un regard plein de gentillesse.

Cette première marque de réelle compassion faillit me faire pleurer. J'eus envie de la remercier, mais je réussis à ne pas me jeter à son cou. Je ravalai ma gratitude.

– Hier, expliquai-je, j'étais une intérimaire qui avait du mal à joindre les deux bouts, et voici que maintenant…

Je montrai l'hôtel.

– Tout cela est un peu difficile à digérer, admis-je.

– J'imagine, oui, acquiesça Celeste avant de regarder vers la voiture. Vous n'avez pas de bagages ?

– Euh…

Aïe ! Je me trouvais à court pour justifier cette absence. Qui donc traverse l'Atlantique sans prendre ni vêtements ni valises ? Eh bien moi, apparemment. Sauf que j'ignorais comment le dire sans entrer dans des détails embarrassants. Celeste inclina la tête devant mon silence gêné et plissa les yeux. Ensuite, elle recula d'un pas, m'examina de la tête aux pieds, puis opina.

– Ah, je comprends, murmura-t-elle avec un sourire entendu.

Décontenancée, j'observai ma tenue. Elle n'était pas encore sale, juste un peu froissée par ma nuit passée dans un fauteuil.

– Quelque chose cloche dans mes vêtements ? demandai-je.

Ma question fut accueillie par un rire joyeux.

– Oh, ce n'est pas de mon opinion dont vous devriez vous soucier ! s'esclaffa-t-elle en secouant la tête. Quand Remi n'aime pas un truc, il met tout en œuvre pour le modifier. Un véritable rouleau compresseur, habitué à obtenir satisfaction dans tous les domaines. Inutile de protester, je devine que vous en avez déjà fait l'expérience. Allez, entrons, l'air est frisquet dehors.

Je la suivis vers le hall, tandis qu'Ethan restait près du trottoir pour répondre à un appel sur son portable.

– Depuis quand connaissez-vous M. Hamilton ? demandai-je.

Mon emploi formel du nom provoqua un regard amusé chez Celeste.

– Nous étions dans le même lycée, il y a vingt ans. J'ai déménagé sur la côte Ouest juste après mon bac. Je me suis mariée, j'ai divorcé, je suis revenue à New York pour repartir à zéro. Malheureusement, je ne trouvais aucun poste. J'étais sur le point de renoncer quand Remi m'est tombé dessus. (Elle haussa les épaules.) J'ai commencé comme manager. Ensuite, à l'époque où il a entièrement restructuré la société, après la mort de son père, il m'a fait une proposition : devenir DG du groupe ou être virée. Comme je vous l'ai dit, un vrai rouleau compresseur !

Elle avait fait cette dernière remarque en levant les yeux au ciel.

– Je sais, acquiesçai-je.

Un portier nous ouvrit et je fus émerveillée par le hall de l'hôtel.

– Cet endroit est encore plus beau que ce que je croyais.

– Attendez de voir les suites ! rit Celeste en consultant sa montre. Mon avion ne décolle que dans un peu moins de trois heures, vous voulez que je vous fasse faire le tour du propriétaire ?

Je lui souris et elle s'empara de mon bras.

– Commençons par la piscine. J'en reste bouche bée à chaque fois.

La visite fut brève mais complète, et j'en sortis quelque peu estomaquée par une opulence presque indécente. Qu'avais-je fait pour vivre ça ? Qu'est-ce que je faisais seulement entre ces murs ? Est-ce que je le devais au hasard ? à ma destinée ? Était-ce pour compenser toutes les épreuves que j'avais traversées ? Et tout cela me serait-il repris aussi vite que cela m'avait été donné ?

– Il faut que je me sauve, m'annonça ma compagne. Même les jets privés doivent respecter certains horaires.

J'avais beau la connaître à peine, son départ m'attrista. Ces deux derniers jours avaient été mouvementés et stressants ; la présence de Celeste, aussi courte soit-elle, avait été apaisante, comme un baume. Je lui tendis la main.

– Bon voyage.

Prenant ma main, elle se pencha vers moi.

– Écoutez, soyez gentille avec Jeremiah, d'accord ? Il lui arrive de se comporter comme un con, mais il a un cœur immense pour ceux auxquels il tient ou qu'il a décidé de protéger.

Ces paroles m'ébranlèrent. Être *gentille* avec lui ?

– Il est mon patron, rétorquai-je avec raideur, mais en essayant de maîtriser mon irritation. Je lui dois le respect.

Elle commença à secouer la tête, s'interrompit pour réfléchir un instant, puis opina d'un air contraint.

– Ma foi, ce n'est pas si éloigné, marmonna-t-elle avant de s'incliner encore plus et d'ajouter dans un murmure : Cela fait presque deux ans qu'il n'a pas eu d'assistante personnelle. La dernière a… euh… est partie en mauvais termes. Votre rôle exige que vous l'aidiez dans ses fonctions et lui serviez d'escorte. Dans l'ensemble, les journalistes sont habitués à ce type d'arrangement et devraient vous laisser tranquille. Mais n'oubliez pas que vous risquez parfois d'attirer l'attention. C'est inévitable.

Les avait-il toutes traitées comme moi ? La mention de filles m'ayant précédée m'avait agacée – ce qui m'étonna. Je me souvins tout à coup de la meute de paparazzi devant l'aéroport et me figeai. Soudain, avoir signé mon contrat m'apparut comme une très mauvaise idée. En même temps, ne serait-ce qu'une fois, avais-je envisagé la situation autrement que comme un tour étrange que me jouait le destin ?

– Tiens, quand on parle du loup !

Je me retournai et vis la haute silhouette de Jeremiah qui pénétrait dans l'hôtel. Une boîte enrubannée coincée sous son bras, il discutait à voix basse avec Ethan. Je décelai chez les deux hommes une espèce de vibration identique assez intéressante, ce que je confiai à Celeste.

– Ils ont fait l'armée ensemble, me révéla-t-elle. Ceci explique peut-être cela.

– L'armée ?

Il ne me serait pas venu à l'esprit que Jeremiah ait pu un jour être militaire. Décidément, j'ignorais beaucoup de choses au sujet de celui pour lequel je travaillais désormais.

– Oui, poursuivit la DG. Tous les deux appartenaient à l'unité d'élite des rangers, dans l'infanterie, jusqu'à ce que le père de Remi meure et lui lègue la gestion de l'entreprise familiale. Une sale affaire, d'ailleurs. C'est là que je suis entrée en scène et que je l'ai aidé à limiter la casse.

J'en aurais bien appris plus, mais les deux hommes approchèrent, m'empêchant d'interroger plus avant Celeste. Cette dernière sourit, avança à leur rencontre et pris la main tendue de Jeremiah.

– J'ai cru comprendre que ma présence lors de la petite soirée de tout à l'heure n'était plus nécessaire.

Jeremiah porta la main de Celeste à ses lèvres et y déposa un rapide baiser. Il ne m'échappa pas que, près de lui, Ethan se raidissait. La rousse recula et se tourna vers lui.

– Prêt, chéri ?

Je sursautais sous l'effet de la surprise. Il y avait eu d'abord ces mots, puis le visage sévère d'Ethan, qui s'adoucissait tandis qu'un grand sourire radieux apparaissait. Celeste m'adressa un signe d'adieu ; ils s'éloignèrent, Ethan plaquant sa main dans le dos de la DG. Ce n'est qu'à cet instant que je vis l'alliance en or au doigt du chauffeur.

– Ils sont mariés depuis bientôt un an, lâcha une voix grave et trop familière.

Je me tournai vers Jeremiah.

– Tous vos traits trahissaient vos interrogations, se justifia-t-il, un sourcil levé.

Je baissai la tête, accablée par son ton moqueur, et me grattai la gorge.

– Et maintenant ? soufflai-je.

Je jetai un dernier coup d'œil au couple qui partait. Soudain, la tension était revenue, et je ne savais pas ce que cet homme exigeait de moi.

– Celeste vous a montré l'hôtel ?

– Oui, en vitesse, admis-je sans pouvoir retenir un sourire. Il est splendide. Encore mieux que sur les photos.

Il gloussa, amusé par ma naïveté.

– Attendez de découvrir les chambres.

3

Je glissai doucement dans l'eau chaude, me retenant aux rebords de l'immense baignoire en porcelaine pour ne pas tomber. Des collines de mousse flottant à la surface me chatouillèrent le nez quand je m'enfonçai et m'installai au mieux. En souriant, je soufflai dessus ; elles dansèrent en s'effilochant dans l'air. La baignoire, profonde, était d'un confort étonnant ; je poussai un soupir de soulagement tout en jouant avec mes orteils sur les robinets.

Jeremiah m'avait envoyée dans la chambre, à l'étage, car avant de pouvoir me rejoindre il avait des affaires à régler. J'avais suivi l'employé de l'hôtel. Lorsqu'il avait ouvert la porte, j'étais restée sans voix. La décoration était un chef-d'œuvre de surcharge : des miroirs et des tableaux aux cadres dorés, des parois blanches rechampies d'or, des lustres et des lampes en cristal, des moulures rococo et des filigranes dans tous les coins et sur tous les panneaux. Des tapisseries étaient tendues aux murs, le moindre centimètre carré respirait l'opulence et provoquait l'admiration, submergeant le visiteur par son élégance exagérée, qui confinait à l'extravagance, et son design ostentatoire.

J'en tombai aussitôt amoureuse.

J'avais à peine écouté l'employé qui m'avait montré les lieux, trop occupée à les découvrir par moi-même. La suite comprenait une enfilade de petits salons, en plus de la chambre proprement dite, équipés de meubles sans doute très onéreux mais très inconfortables. De multiples aménagements – certains dont j'ignorais jusqu'à l'existence… – étaient mis gracieusement à ma disposition. Quand j'entrais dans la salle de bains, je crus que j'étais montée au paradis – des plafonds hauts, de gigantesques miroirs, des tablettes et un sol de marbre, au centre une baignoire presque aussi grande qu'un jacuzzi. Mon guide avait juste eu le temps de m'indiquer où se trouvaient les serviettes et les peignoirs avant que je coupe court poliment pour me plonger dans un bain moussant. J'avais choisi un flacon de sels à la lavande, je m'étais dévêtue, avais enfilé un peignoir et fermé la porte à clé.

Je m'autorisai à me délasser dans cette merveille émolliente et parfumée. Ajoutant de l'eau chaude à intervalles réguliers, je me lavai avec soin. Après un long moment, la peau fripée de mes doigts me signala qu'il était temps de sortir. D'ailleurs, la mousse légère s'était transformée en un film blanc à la surface de l'eau. J'enfilai mon peignoir, enroulai une serviette autour de mes cheveux et commençai à fouiller les tablettes et les tiroirs pour découvrir les autres trésors cachés dans cette salle de bains de rêve.

Trois coups secs à la porte me firent sursauter.

– J'aimerais que vous me rejoigniez.

La voix grave de Jeremiah laissait entendre que sa demande était un ordre et qu'il s'attendait à ce que je lui obéisse sans tarder.

Je me pétrifiai. La tension que j'avais réussi à éliminer revint avec une telle force que je la soupçonnai de nourrir des intentions vengeresses. Une inspection rapide de la pièce m'apprit que j'avais laissé mes vêtements à côté, là où était mon patron. Un sentiment d'horreur s'empara de moi.

Avalant ma salive, je jetai un dernier coup d'œil à mon reflet dans la glace. Mon visage, pas maquillé, était propre et luisant, mais sans mon masque quotidien j'avais l'impression d'être toute nue. Sous le drap de bain enroulé à la va-vite, mes cheveux étaient encore trop humides pour que je les coiffe et devaient ressembler à un nid de corbeau.

Il était hors de question que je me montre ainsi à Jeremiah ! Il allait me flanquer hors de cet hôtel à coups de pied dans les fesses !

– Un instant ! criai-je pour qu'il ne croie pas que je traitais ses demandes à la légère.

La partie rationnelle de mon cerveau m'intimait de ne prêter aucune attention à ce que Jeremiah pouvait ou non penser. Après tout, ne désirais-je pas par-dessus tout, dans la mesure du possible, éviter de le côtoyer ? Pour autant, songeai-je, je tenais à être présentable. Aussi, je me dépêchai de retirer la serviette afin de mettre un peu d'ordre dans mes mèches mouillées et de lisser mes sourcils qui auraient vraiment eu besoin d'un coup de crayon.

Je rajustai le peignoir, veillai à ce que sa ceinture soit solidement nouée et m'approchai du seuil de la salle de bains. Je ne pus m'empêcher de me contempler une dernière fois dans le miroir – franchement, jamais je n'avais été aussi vaniteuse ! – avant de déverrouiller la porte et de sortir d'un pas décidé.

Jeremiah se tenait à l'autre bout de la chambre à coucher, près d'un chariot en métal luisant et chargé de plats que recouvraient des cloches en argent. Des arômes légers arrivèrent jusqu'à mes narines, me donnant l'eau à la bouche. Quand je m'approchai, il releva la tête et considéra ma tenue.

– Bain agréable ? demanda-t-il.

Je résistai à l'envie d'exprimer mon ravissement et me bornai à hausser une épaule.

– Je suis habituée à mieux.

Sous le regard ferme qui accueillit cette fanfaronnade, je faillis me tortiller d'embarras, comme une gamine prise en flagrant délit de mensonge. Je dus faire appel à toute ma volonté pour rester immobile. Heureusement, Jeremiah se détourna de moi afin de pousser le chariot vers la table et je pus recommencer à respirer. Bon sang ! Il fallait que j'arrête de me laisser impressionner comme ça par lui ! Mes réactions face à son attitude relevaient de la sottise pure ; pourtant, je n'arrivais pas à me débarrasser d'un vague sentiment de menace, comme si cet homme était un chasseur et moi sa proie.

– Je vous ai apporté quelque chose, dit-il.

Je revins aussitôt à la réalité.

– Un bon petit déjeuner ? demandai-je.

Mes yeux s'attardèrent sur les plats et mon estomac gargouilla à la perspective d'un repas.

– Dans une minute peut-être, répliqua Jeremiah en me fixant de ses prunelles implacables. Ôtez votre peignoir et approchez.

Mon sang se glaça. Je serrai le vêtement autour de mon corps comme pour retarder au maximum l'inévitable.

– Pourquoi ? ne pus-je m'empêcher de protester.

Je n'obtins aucune réponse, juste un examen sans pitié de ses yeux qui n'exprimaient rien. Il était clair que je devais me dénuder et avancer vers lui, simplement parce qu'il en avait formulé la demande. Parce que j'avais signé un contrat stipulant que j'obéirais à ses injonctions, une décision à laquelle je m'étais résolue parce qu'il ne m'avait guère laissé le choix. Autour de moi, ce n'étaient que des pièges dorés qui ne parvenaient pas à cacher leur vraie nature : une cage destinée à me déstabiliser pour me fragiliser et me soumettre à cet homme.

Finalement – *enfin*, dirais-je ! –, la colère l'emporta soudain.

– Pourquoi moi ? criai-je. Pourquoi tout ça ?

– Et pourquoi pas vous ? riposta-t-il en inclinant la tête.

Sa façon de répondre à ma question par une autre me rendit folle de rage.

– Je n'étais rien, juste une petite main censée entrer des données dans un ordinateur avant d'être jetée à la rue une fois inutile. Alors, qu'est-ce que je fais ici ?

Il serra les lèvres et ne pipa mot. Il s'approcha d'une grande table en marbre, prit une carafe en cristal et se servit un verre du liquide ambré qu'elle contenait.

– Mon rôle est de traquer les talents, finit-il par dire en faisant tourner l'alcool au fond du verre et en me toisant d'un air impassible. Je trouve des affaires à racheter ou dans lesquelles investir afin de les remettre à flot pour les revendre avec profit.

– Cela signifie-t-il que je suis un projet comme un autre ?

Un bref acquiescement de sa part confirma mes soupçons.

– Vous êtes ambitieuse, intelligente comme l'est une étudiante, habituée à un certain train de vie. La vie vous a porté des coups durs et obligée à une déchéance que vous n'envisagiez pas. (Il leva son verre à ma santé, but une gorgée.) Vous n'auriez jamais refusé une occasion de retomber sur vos pieds, quel que soit le prix à payer.

– Donnez-moi un travail, alors ! ricanai-je. Inutile de me priver de ma dignité, de me… l'ascenseur, le garage…

Le bruit du verre qu'il reposa sèchement sur la table sans pour autant le lâcher eut le don de tuer ma colère dans l'œuf.

– Vous preniez cet ascenseur tous les matins, gronda-t-il en fixant la carafe, vous ne cessiez de me jeter des petits coups d'œil, de vous approcher de moi sans vraiment le faire.

Il se tourna vers moi, croisa mon regard, et je cessai de respirer devant l'ardeur qui émanait du sien.

– J'ai appris à repérer votre odeur, enchaîna-t-il, j'ai découvert ce dont vous aviez besoin. Tous ces sourires en coin, alors que vous ignoriez vos désirs les plus secrets…

Il s'interrompit, ses doigts serrant son verre avec tant de force que ses jointures avaient blanchi. Le souffle court, je faillis lui lancer que je ne le croyais pas.

– Je ne suis personne, murmurai-je.

Mes propres mots me firent l'effet de coups de poignard dans mon cœur. La main libre de Jeremiah forma un poing le long de sa cuisse musclée, et sa mâchoire se serra. Au bout d'un moment, il réussit toutefois à se détendre. Il revint vers moi à grands pas, et je reculai en essayant en vain de m'accrocher, comme à un bouclier, aux derniers sursauts de ma colère. Sa proximité m'intimidait, mon cœur battait la chamade ; je détournai les yeux en m'efforçant de rester forte.

Un doigt glissé sous mon menton me contraignit à relever la tête pour regarder mon patron bien en face. Ses traits conservaient leur dureté habituelle, mais sa voix était plus douce quand il réitéra sa demande. Son *exigence.*

– Ôtez votre peignoir.

Ces mots provoquèrent des frémissements dans tout mon corps. Sa présence exerçant un pouvoir étrange sur mon esprit, je me surpris à dénouer docilement la ceinture de mon unique vêtement. Il glissa sur le sol, et son tissu moelleux se répandit comme une flaque autour de mes pieds. Entièrement exposée au regard de Jeremiah, pour la première fois depuis notre rencontre, je fermai les yeux, gardant sous mes cils une larme qui avait perlé, tandis qu'il s'adonnait à un examen approfondi et sans vergogne.

Lorsqu'il me prit dans ses bras, je me raidis. Il se contenta de poser ses mains sur mes épaules et de me faire pivoter sur place.

– Regardez, me souffla-t-il.

Comme je n'obéissais pas tout de suite, il répéta son ordre. Devant moi, une grande psyché ovale me renvoya mon reflet. Je tressaillis.

– Que voyez-vous ? poursuivit Jeremiah, impitoyable.

Un ventre mou, des hanches larges, des seins qui ont besoin d'un soutien-gorge pour être à leur avantage. J'avais toujours été ma juge la plus sévère.

– Moi, chuchotai-je.

Dans le miroir, je vis qu'il plissait le front. Puis il pencha la tête pour mieux étudier mon image.

– Moi, reprit-il en faisant courir un doigt sur ma joue puis le long de ma gorge, je vois un beau visage, une peau douce, les bonnes courbes là où il faut. (Il se pencha sur ma tempe et inspira profondément.) Votre parfum est si délicieux qu'on a envie de vous manger, ajouta-t-il dans une sorte de feulement.

Ces paroles me coupèrent le souffle et me nouèrent l'estomac. Il plaqua l'une de ses mains sur l'un de mes seins et ses doigts en tordirent doucement le mamelon. Cette fois, un halètement m'échappa. La main sur mon épaule se referma sur ma chair, tandis que l'autre descendait sur mon ventre, laissant un sillage de feu derrière elle.

– Si belle, murmura-t-il.

Ma tête tomba contre son torse pendant que ses doigts déployés sur ma hanche pétrissaient ma peau. Je l'observai dans la psyché, les tympans bouchés par les battements de mon sang, et sa main glissa sur mon pubis qu'elle prit en coupe.

Soudain, il s'écarta, m'abandonnant à la déroute et au vertige.

– Ne bougez pas, m'ordonna-t-il d'un ton pareil à un coup de fouet.

Je me figeai sur place. Ma tendance à obéir sans discuter avait beau me perturber, je restai debout sans broncher. Jeremiah alla chercher la boîte que j'avais vue dans le hall un peu plus tôt. Il me la tendit.

– J'avais l'intention de garder ceci pour plus tard mais, à la réflexion, maintenant est un meilleur moment.

J'acceptai le paquet avec suspicion, l'ouvris et écartai les volutes de papier de soie. Les yeux écarquillés, je caressai de l'index une paire de bas en nylon et, dessous, les jarretelles en satin d'un bustier blanc immaculé. Comme je restai hébétée sans réagir, Jeremiah me reprit la boîte.

– Tournez-vous.

J'obtempérai et, à ma grande surprise, il prit les articles de lingerie et commença à m'en vêtir. D'abord vint la guêpière, qu'il laça dans mon dos. Elle recouvrait mes seins et mon ventre ; les rubans de satin tombaient sur mes cuisses. J'enfilai le slip symbolique, puis les bas qui montaient haut. Il fixa les jarretelles. Il émana de toute l'opération une sensualité incroyable, même si Jeremiah resta d'un professionnalisme étonnant. Je n'avais jamais porté pareil attirail, et certainement pas pour le plaisir d'un homme, et je trouvais l'expérience intéressante. Le côté cynique de mon cerveau me souffla que j'avais une peau trop pâle pour arborer un blanc aussi pur, mais je préférai garder cette réflexion pour moi.

Quand je fus prête, mon patron me fit de nouveau pivoter face à la glace.

– Et maintenant, chuchota-t-il à mon oreille, que voyez-vous ?

J'eus du mal à en croire mes yeux. C'était donc le résultat qu'on obtenait lorsqu'on s'habillait de lingerie fine ! Le tissu estompait les défauts que je détestais en moi et soulignait des atouts que j'ignorais posséder. Je posai mes mains sur ma taille sanglée par les lacets dans le dos, puis sur mes hanches, où je jouai avec les bandes de satin qui tenaient les bas. Si ce harnachement ne me serrait pas trop, il savait mettre en valeur mon corps en dissimulant certaines rondeurs et en en exagérant d'autres – ma poitrine, notamment, que je n'avais jamais jugée particulièrement affriolante. Je ne pus m'empêcher de la juger pas si mal que ça et je fis glisser mes doigts sur le haut de mes seins.

Me souvenant tout à coup que Jeremiah m'avait posé une question, je me creusai la cervelle pour trouver une réponse. En vain. Nos regards se croisèrent dans le miroir et il opina, déchiffrant sans problème mon opinion.

– Je suis heureux de constater que nous sommes du même avis, susurra-t-il en caressant mes bras puis mes épaules. Et maintenant que ce point est éclairci…

Une main saisit mes cheveux et me tira brutalement la tête en arrière, m'arrachant un petit cri de douleur. La surprise me poussa à plaquer ma main sur la sienne. J'observai son visage dans la glace. Ses traits avaient à présent la dureté du granit, l'éclat vert de ses yeux était incandescent, mais c'est d'une voix soyeuse qu'il enchaîna :

– Je n'aime pas qu'on me contredise. Quand je vous donne un ordre, j'attends que vous l'exécutiez sur-le-champ, sous peine de châtiment. (La main se resserra sur mes cheveux.) À genoux !

4

J'obéis immédiatement. De toute façon, je n'avais pas le choix : la main sur ma nuque accompagna mes mouvements et me força à m'agenouiller. Les jarretelles se tendirent à l'arrière de mes cuisses et sur mes fesses – une sensation nouvelle et agréable, mais qui ne me faisait pas oublier les doigts qui tenaient ma chevelure. De nouveau, Jeremiah me tira la tête en arrière, m'obligeant à le regarder d'en bas, lui qui me surplombait de toute sa hauteur.

– Vous aimez ça, hein ? gronda-t-il.

Oh oui ! Réveillée, la partie traîtresse de mon cerveau s'était enflammée et appréciait beaucoup cette soumission, alors que ma raison m'incitait à me demander dans quel piège j'avais foncé. Il lâcha enfin mes cheveux pour caresser ma joue.

– Vous êtes si belle à genoux devant moi. Vous comprendrez pourquoi je bande à l'idée que vous preniez ma bite dans votre bouche.

Les mots crus me firent frémir ; j'observai ses doigts qui frôlaient la bosse de son pantalon, à quelques centimètres de mon visage. Je tournai la tête sur le côté pour regarder notre reflet dans la psyché. Nous ne faisions rien – du moins, pas encore – et, pourtant, sa façon de me dominer, le menton relevé et le dos droit, avec moi à ses pieds… Mes intérieurs se liquéfiaient, humectant mon entrecuisse et le préparant à accueillir une pénétration future. Avide des caresses à venir, je poussai la main de Jeremiah avec ma tête, comme un chat :

j'en fus récompensée par un pouce qui frotta doucement mon front.

– J'ai rêvé de vous dans cette position, en train de me sucer. (Un doigt effleura de nouveau mon front, écartant mes mèches mouillées.) Accepteriez-vous de m'aider à jouir, mon chaton ?

– Oui, soufflai-je.

Pour immédiatement gémir quand il me tira encore les cheveux.

– Oui *qui* ?

Je réfléchis à toute vitesse, en quête de la réponse appropriée.

– Oui… Maître ?

Il émit un bruit appréciateur et me lâcha pour se débraguetter et sortir sa verge.

– Je ne vous promets pas d'être doux, gronda-t-il, la voix lourde de désir contenu. J'ai trop pensé à cet instant. Mais je vous promets d'achever ce que j'aurai commencé.

Je refermai mes doigts autour de son érection et glissai avec prudence jusqu'à la base de son sexe. Un claquement de lèvres m'encouragea à répéter le mouvement, puis je me penchai et léchai brièvement le gland. Mon index titilla le frein du prépuce avant d'avaler le bout de sa queue. Ma langue s'enroula autour du nœud gonflé de sang. De nouveau, mon poing tira sur sa tige en direction de sa base, pendant que j'en agaçai les extrémités nerveuses avec ma langue et en tétai gentiment les contours. Brusquement, je l'engloutis plus avant.

Il posa ses mains sur mon crâne, non pour me forcer à quoi que ce soit, juste pour me rappeler sa présence au-dessus de moi. Ma tête et ma main faisaient des va-et-vient le long de son membre que j'enfonçais un peu plus chaque fois dans ma bouche. J'accueillis avec gratitude les geignements sourds et la respiration haletante qui me parvenaient d'en haut. J'étais en mesure de le rendre fou, une pensée qui m'incita à redoubler d'efforts. Au bout d'un long moment, quand je jugeai que le rythme était bon, je retirai ma main et attirai sa queue jusque dans ma gorge.

Un cri étouffé résonna, ses ongles griffèrent la peau de mon crâne. Le gland tumescent me chatouillait les amygdales, et je dus me retirer un peu sous peine de vomir. De nouveau, je pris la racine de sa queue pour la branler, mais ses mains m'emprisonnèrent la tête et il se planta de toutes ses forces dans la moiteur de ma bouche.

Soudain, un ordre brutal retentit :

– Mains dans le dos !

Je m'interrompis le temps d'obéir et nouai mes poignets derrière moi, tout en priant pour qu'il se montre indulgent. Mais son premier coup de reins fit frapper l'extrémité de son sexe dans le fond de ma gorge, ce qui me fit aussitôt monter les larmes aux yeux.

– Mains dans le dos ! aboya-t-il quand, poussée par l'instinct, je voulus les reprendre. Sinon je vous attache !

Je dus redoubler de volonté pour retrouver ma position initiale. Je crochetai mes doigts et les serrai comme si ma vie en dépendait. Il recommença à s'enfoncer en moi, pas aussi profondément, ce qui me permit de respirer librement. Il continua ainsi à me baiser la bouche, et je m'habituai peu à peu aux mouvements qu'il insufflait à son bassin. Et même, assez vite, je découvris que j'étais capable d'improviser avec ma langue et mes lèvres qui s'adaptaient à son tempo, qui léchaient et se resserraient à ses passages. Ses va-et-vient se firent peu à peu plus légers, me laissant plus de marge de manœuvre. Ses grognements et ses courtes inspirations étaient d'une sensualité merveilleuse et m'indiquaient que je répondais à ses désirs. Quand, du bout de la langue, je caressai son gland avant de refermer fortement ma bouche dessus et de le sucer à fond, le gémissement qu'il poussa me fit sourire.

De nouveau, ses doigts imprimèrent un rythme frénétique à ma tête et il se remit à s'enfoncer très loin en moi. Dès qu'il devinait que j'étais sur le point de vomir ou que j'avais du mal à respirer, il calmait le jeu – et je l'en remerciais autant que je le pouvais. À un moment, mes yeux se posèrent sur le miroir et la vision que j'eus de son désir extrême – c'était moi, là, en train de satisfaire cet homme ! – agit sur moi comme un puissant aphrodisiaque. La douleur délicieuse entre mes jambes s'accentua, et mon slip ne put contenir les fluides qui s'écoulaient à l'intérieur de mes cuisses. S'il ne me pénétrait pas très vite, j'allais craquer ! Apparemment, il avait pensé la même chose que moi : tout à coup, il sortit de ma bouche et recula d'un pas. La peau tendue de son sexe était luisante de ma salive.

– Debout !

Ignorant si cet ordre m'autorisait aussi à récupérer l'usage de mes mains, je me relevai avec maladresse, les bras toujours noués dans le dos. Je crus discerner une approbation dans ses traits, mais ce fut rapide, car il m'attrapa par la nuque d'une poigne presque brutale et me mena de force jusqu'à une table de marbre ronde.– Allongez-vous là-dessus et agrippez-vous jusqu'à ce que je vous dise de lâcher.

J'eus une brève hésitation. Si la table me paraissait assez solide pour supporter nos deux poids, la surface en était sûrement froide, alors que j'étais presque nue. Au plus profond de moi, une petite voix me cria que je pouvais encore refuser, qu'il n'était pas trop tard. Mais tout mon corps était soumis à mon désir intense, et je choisis de prendre la position imposée par mon… maître. Le meuble ne bougea pas, et j'en fus soulagée. La main de Jeremiah lâcha mon cou pour glisser le long de mon dos, jusqu'à la chute de mes reins, et pincer mon derrière.

– Écartez les jambes.

Je m'exécutai. Il en profita pour promener ses doigts sur la ficelle de mon slip incrustée entre mes fesses. Lorsqu'il en caressa le devant, j'arquai les hanches pour renforcer le contact.

– Vous prenez la pilule ?

Cette question abrupte et inattendue me tira du brouillard dans lequel j'étais plongée. J'acquiesçai. Si j'étais sous contraceptif, c'était plus pour éviter des règles erratiques qu'à cause d'une vie sexuelle débridée… Il en avait plus ou moins toujours été ainsi.

Récompensant ma réponse, ses doigts s'infiltrèrent sous le tissu du slip et appuyèrent sur ma peau mouillée. Je gémis. Agilement, il encercla les lèvres de mon vagin avant de glisser vers mon clitoris durci, qui pulsait douloureusement au rythme des battements de mon cœur. Ma respiration devint hachée, mais il n'alla pas plus loin, se contentant d'une exploration superficielle.

– Voulez-vous que je vous fasse jouir, chaton ?

J'opinai avec vigueur, le souffle de plus en plus court, et je l'entendis rire doucement dans mon dos. Ses lèvres se collèrent ensuite au creux de mes reins, juste sous la guêpière.

– Vous allez devoir travailler dur pour ça. Êtes-vous prête à le faire ?

Sans me laisser le temps de répondre, son pouce fouilla les replis de mon trou arrière. Sous le choc, je bondis en avant, mais la table m'empêcha d'échapper à cette intrusion. Ses mains jouaient à présent avec mes deux orifices, et je pantelais, ces sensations doubles étant une énigme que mon corps avait du mal à comprendre.

– Bien des femmes apprécient la sodomie, murmura Jeremiah à mon oreille. Certaines vont jusqu'à la favoriser à cause des interdits moraux…

Il se coucha sur moi, son corps se moulant aux formes du mien.

– Certains hommes ont également un faible pour ce passage-là. Son étroitesse et le tabou de la pratique créent une excitation tout aussi puissante que l'acte sexuel lui-même.

Ses lèvres frôlèrent mon oreille quand il ajouta :

– Devinez où va ma préférence.

Je lâchai un geignement impuissant, coincée entre le marbre glacé et le corps incandescent dans mon dos. Ses doigts n'avaient cessé de titiller mon bouton, mon bassin en tressautait de bonheur et des râles essoufflés me sortaient de la gorge. Le plaisir que j'éprouvai devant comme derrière ne me permettait pas de repérer lequel était le plus excitant des deux. Ses pouces œuvraient en même temps, j'en voulais toujours plus. Mais mon trouble n'était rien comparé à l'orgasme qui allait se produire d'une seconde à l'autre. Quand il enfonça son doigt dans mon anus, écartelant mes muscles tendus d'une façon que je n'aurais jamais pu imaginer sexy, je gémis et répondis à son geste en m'appuyant moi-même contre sa main.

Son rire grave et sensuel me submergea au point de faire vibrer ma peau. Ses doigts agiles accélèrent leur rythme, dénichant des endroits nerveux et sensibles insoupçonnés, qui m'amenaient à me cambrer, à ruer et à geindre bruyamment.– Vous êtes une vraie salope, murmura-t-il en roulant ses hanches contre mon cul.

Le pantalon au bas des pieds, il introduisit son membre érigé entre mes cuisses, à côté de sa main, et répéta son mouvement de bassin. Je mouillais comme une folle, et les frottements de son bas-ventre sur mon cul étaient d'une sensualité à hurler. Je resserrai ma prise autour de la table au point d'en avoir les jointures blanches. Mes cris de plaisir étaient de longs gémissements plaintifs, les sensations et l'urgence que j'éprouvais tendaient mon corps impatient comme un arc.

– Vous jouirez quand je vous y autoriserai, pas avant.

J'émis un couinement de protestation, il retira sa main. J'eus l'impression qu'on venait de me verser un seau d'eau froide sur la tête. Cette interruption brutale était la punition que je méritais pour m'être plainte. Par bonheur, l'espace libéré fut vite rempli quand il inséra sa bite bien raide entre mes jambes avec un nouveau coup de reins. Mais il ne me pénétra pas et se contenta de glisser le long de mes lèvres humides.

– Je vous en prie, soufflai-je en me cambrant pour lui permettre un meilleur accès.

– Je vous en prie qui ?

Même si je ne pouvais pas voir son visage, je perçus son amusement dans le timbre de sa voix. Cette fois, je sus quoi répondre.

– Je vous en prie, Maître.

– Qu'est-ce qui vous ferait plaisir, chaton ? Voulez-vous que j'entre en vous, que votre cul magnifique s'ouvre pour me recevoir bien profond ? Voulez-vous que je vous chevauche avec brutalité pour vous forcer à jouir pendant que ma bite vous ramone ?

Ces intonations rauques juste dans mon oreille auraient fait fondre une pierre. Son membre frôla mon clitoris raidi, je crus m'évanouir. J'étais si près de l'orgasme qu'il ne m'en faudrait plus beaucoup.

Sa queue gonflée agaçait mon vagin en feu pendant que ses mains écartaient mes fesses et que ses doigts élargissaient le trou de mon cul. Quand il s'enfonça d'un côté et de l'autre, je faillis éclater en larmes tant j'étais soulagée. Sans perdre de temps, ses hanches m'imprimèrent un tempo régulier, tandis que ses doigts continuaient de me travailler l'anus. Moins d'une minute plus tard, chaque coup de boutoir me faisait pousser des cris qui rebondissaient sur la table, devant moi.

Alors que ses élans forcissaient, claquant le haut de mes cuisses avec vigueur contre le marbre, je levai les yeux sur le grand miroir qui surplombait une commode, juste en face de moi. J'eus alors la vision de cet homme collé à moi par derrière et de ses traits crispés de désir, un désir qu'il exprimait peu à voix haute. Sa bouche s'ouvrait sur des râles muets, ses bras tendus vers ma nuque gonflaient le tissu de sa chemise. L'arrière de mon corset, avec ses lacets et sa dentelle blanche, était sensuel. J'eus du mal à admettre que c'était mon corps que reflétait le miroir.

Très vite, cependant, je n'arrivai plus à me concentrer, débordée par diverses sensations et la venue d'une explosion que j'attendais avec impatience. Jeremiah me besognait maintenant comme un furieux, chacun de ses assauts me projetant brutalement sur la table qui, malgré tout, tenait bon. L'orgasme commença à venir et je gémis.

– Je vous en prie, je ne peux plus me retenir ! Pitié, Maître !

La main qui séparait nos corps disparut et il augmenta le rythme de ses va-et-vient, m'enfonçant son membre vite et fort. Les doigts sur ma nuque se crispèrent, des feulements rauques et des grognements de gorge résonnèrent tout près de mon oreille, et la main glissa entre mes jambes, juste au-dessus de mon sexe palpitant.

– Jouissez, alors ! Je veux vous sentir vous répandre autour de moi.

De toute façon, j'aurais été incapable de me retenir. Mon orgasme fut comme une inondation de lumière. Je criai, agrippée à la table comme un étau, le corps secoué de violents tremblements. Les coups de boutoir de Jeremiah atteignaient des endroits en moi qui prolongèrent encore et encore les vagues de mon plaisir. Soudain, il poussa un rugissement et se cabra au-dessus de moi, avec un ou deux derniers allers-retours. Pantelante, je m'effondrai sur le marbre ; le froid, à présent bienvenu, calmait l'ardeur de mon corps. Jeremiah posa son front sur mon dos, et nous restâmes ainsi un moment à reprendre notre souffle.

Il finit par se relever et se retirer avant de faire courir sa main le long de ma colonne vertébrale.

– Vous pouvez lâcher la table, maintenant.

Ce ne fut pas aussi simple. Mes doigts étaient si raides que j'eus du mal à les ouvrir. Je dus les agiter pour rétablir la circulation sanguine. Me soutenant au marbre, je mis du temps à retrouver une respiration normale. De son côté, Jeremiah rajusta ses vêtements avant de s'approcher d'un fauteuil. Il y récupéra un petit sac en papier, sur lequel je ne déchiffrai pas le nom inscrit, et me l'apporta. Il le posa délicatement sur la table, à côté de moi. Puis il se pencha et posa sur mon front un baiser à la tendresse inattendue avant de me pousser doucement vers la salle de bains.

– Allez vous nettoyer, puis vous mettrez ceci. Gardez la lingerie en dessous. Je tiens à savoir que vous la portez sous vos vêtements.

Malgré mes jambes en coton, je titubai jusqu'à la salle de bains, prenant mon sac à main au passage avant de m'enfermer dans la pièce. J'observai mon image dans les grands miroirs. Mes cheveux blonds, encore humides, ne ressemblaient à rien, même si ce côté ébouriffé paraissait aller avec le reste de ma tenue. Je fis courir mes mains sur le tissu raide de la guêpière, me tournai pour mieux voir les lacets dans mon dos. C'était la première fois que je portais de la lingerie aussi belle – de la lingerie tout court, en fait ! En contemplant mon derrière qui s'évasait sous le corset, les jarretelles et le minuscule slip qui m'avait si peu protégée… je me trouvai belle.

C'était là une pensée nouvelle pour moi, et j'admirai mon reflet. Puis je fondis en larmes. Je ne mettrais sans doute pas fin à cette farce. Quel que soit le jeu inventé par Jeremiah Hamilton, la partie était d'ores et déjà trop engagée. J'avais pris trop de libertés pour jouer maintenant les innocentes. Bilan : qu'est-ce que ça faisait de moi ? Une assistante extrêmement bien rémunérée ou une maîtresse dans toute sa gloire ?

Cette question me dérangea ; j'essayai de la chasser de mon esprit. Après avoir consacré quelques minutes à me laver consciencieusement, je jetai mon slip fichu puis ouvris le petit sac en papier. Je découvris un pantalon à la mode, un corsage sobre mais en soie et une paire d'escarpins rouges ; dessous se trouvaient une brosse et des affaires de toilette. À première vue, les vêtements étaient à ma taille, alors que ma silhouette toute en courbes n'était peut-être pas la norme en Europe. Pour avoir visé aussi juste, ce n'était pas la première fois que Jeremiah faisait ce genre d'emplettes, c'était évident. Si l'idée m'agaça, je ne voulus pas en chercher les raisons :

cela aurait soulevé de nouvelles questions que je n'avais pas envie de me poser pour le moment. Je choisis plutôt de me rendre présentable.

Vingt minutes plus tard, je sortais de la salle de bains, habillée et maquillée. Jeremiah patientait près de la table, avec les plats recouverts de leur cloche argentée. Il y avait un assortiment de fruits et de crêpes, et un petit ramequin mis à rafraîchir sur de la glace pilée contenait de la vraie crème fouettée. Un coup d'œil à la pendule m'apprit que la matinée n'était pas encore finie. Je fus heureuse d'avoir aussi bien dormi dans l'avion.

– Quels sont les projets pour aujourd'hui ? demandai-je, me souvenant qu'Ethan avait parlé d'un gala.

Mon patron prit ma main pour y déposer un baiser avant d'avaler quelques grains de raisin.

– Mangez tant que vous en avez le loisir, me conseilla-t-il, pendant que je me servais des fruits sur une crêpe fine. Aujourd'hui, votre véritable travail commence.